LES CONTES
DE
ZATTISE ZEQWESTCHEN

E. BOUTEVILLAIN

L'Inquisiteur

Illustrations : Alain CATHERIN

© 2020 E. Boutevillain /Alain Catherin

Éditeur : BoD-Books on Demand
12-14 rond-point des Champs-Élysées, 75008 Paris
Impression : Books on Demand, Norderstedt, Allemagne

Illustrations : Alain Catherin

ISBN : 9-782322239016
Dépôt légal : Juillet 2020

Un grand écrivain se remarque au nombre de pages qu'il ne publie pas.

Stéphane MALLARME

1

Le lendemain du lendemain, Zattise Zeqwestchen s'éveillait tranquillement. Et comme chaque matin, inéluctablement, allait se produire ce petit quelque chose qui bouleverserait le village. Enfin, bouleverser est un bien grand mot. Le quelque chose égaierait, tout au plus, la journée en lui ôtant sa morosité. Mais pas plus. Parce qu'à Zattise Zeqwestchen, tout était possible. Surtout l'improbable.

Madame Catherine, une fois le bordel fermé, avait décidé de ranger sa bibliothèque. Pièce la plus importante de la maison, elle occupait le premier étage et servait de bureau. Quiconque pénétrait dans la pièce entrait dans un autre univers, empli de silence et de sérénité. D'un point de vue esthétique, la pièce était couverte d'étagères couvertes de livres, de parchemins entassés tenant en équilibre par l'opération du Saint-Esprit. Le néophyte s'affolait de l'aspect et pouvait se demander quel livre finirait par chuter entraînant avec lui tous les autres. Trop petite pour atteindre la dernière étagère, Madame Catherine avait posé l'échelle sur un tabouret. Logique. Ce dernier faisait de son mieux pour soutenir le poids de l'outil et celui de la patronne, mais la situation commençait à devenir dangereuse, l'ensemble oscillant de plus en plus vigoureusement. Il en était à ces réflexions quand, prenant un ouvrage sur les apports du compost à base de tripes pour le poser à côté de l'art du potager, Madame Catherine se pencha bien trop à gauche et patatras, la patronne tomba. L'échelle se repositionna contre la bibliothèque en soupirant de la maladresse de sa maîtresse, les livres bruissèrent de désapprobation tandis que le tabouret se frottait les jointures.

– Ouch, fit Madame Catherine en se relevant.

– Tout va bien ? questionna une voix qui se trouvait être celle de Mélissandre.

– Oui, oui, kuff kuff, toussa une Madame Catherine environnée de poussière. J'ai glissé, c'est tout.

– Alors bonne nuit, répondit la catin, habituée aux cascades de la maquerelle.

– Bonne nuit, Mélissandre, répondit cette dernière tout en s'époussetant.

Elle jeta un rapide coup d'œil par la fenêtre et se rendit compte qu'il était temps de rejoindre Hexerine. Laissant la pièce en l'état, elle monta dans sa chambre où les livres jonchant, comme à leur habitude, le sol « dormottaient » doucement toutes feuilles volantes. La commode ouvrit ses tiroirs afin que sa propriétaire choisisse ses vêtements. Madame Catherine prit, ensuite, la direction des bains pour se changer et prendre une collation. Comme chaque matin, elle s'assit sur la rampe de l'escalier.

– Ouch, dit-elle atterrissant cul par-dessus tête.

Margaux mettait de l'ordre dans la cuisine quand elle entendit la chute. Elle sortit précipitamment.

– Ben kes vous faites ?

– J'ai glissé, chef.

– Mais vous n'en avez pas marre de descendre les escaliers n'importe comment ! Vous allez finir par vous casser quelque chose !

– Mais non, je suis solide ! Un vrai roc !

Suzy entra à son tour.

– Vous allez où comme ça ? interrogea-t-elle suspicieuse.

– Je retourne voir Hexerine, murmura
Madame Catherine sentant venir l'orage.

– Et vous allez faire quoi avec votre copine ?

– Nettoyer.

– Eh ben, ne revenez pas couverte de sang ou d'autres trucs humains comme hier !

– Mais non, mais non. Là, on va ranger. C'est tout, la rassura-t-elle.

– Bon, je veux bien vous croire. Mais s'il y a du barouf, vous débarquez fissa, hein ? Pas d'usage du hachoir ! Vous êtes une dame, faudrait p'têt vous en souvenir !

La maquerelle la remercia de son inquiétude, attrapa le panier-repas préparé par Margaux « manquerait plus que vous mangiez des cochonneries » et sortit. Devant la porte du bordel, Haldebarde ronflait doucement quand elle lui tapota l'épaule délicatement.

– Gnoumpffff ?

– Réveillez-vous, mon ami. Il est temps d'aller dans vos pénates prendre un repos bien mérité.

– Vous allez où ? questionna le géant en s'étirant fort peu élégamment.

– Rejoindre Hexerine.

– Oh là ! Dites donc, vous y allez comme ça ? Sans armes ?

– Ben oui, dit-elle ne voyant pas où était le problème.

– Ben voyons. Ne bougez pas, dit le géant en se dirigeant vers le sac dont il ne se séparait jamais posé derrière lui.

Il en sortit deux haches et des poignards qu'il glissa prestement dans les plis des vêtements. Amusée, elle le laissa faire.

– Haldebarde, on va ranger !

– Mais oui, mais oui. Je vous connais toutes les deux. Dès que vous êtes ensemble, vous n'êtes pas tenables et il arrive toujours un truc grave.

– Rhôoo, ce n'est même pas vrai, contesta Madame Catherine.

Le géant la fixa :

– Vraiment ?

Elle fit la moue puis sourit en ajoutant :

– Ce n'est pas nous, ce sont les autres.

Haldebarde sourit à son tour et la regarda partir en se disant qu'il manquait quelque chose. Sauf qu'il n'arrivait pas à voir quoi. Il fit mentalement la liste « les haches, c'est bon ; les poignards, c'est bon ; une dague, c'est bon ; l'arbalète, c'est bon ; les ciseaux, c'est bon ; le marteau, c'est bon ; le burin, c'est bon ; les tenailles, c'est bon ; les allumettes, c'est bon ; le scotch, c'est bon ; la pâte à modeler, c'est bon ; les punaises, c'est bon. Merde, il manque quoi ? » Quand soudain, ça lui revint. « Putain, le cheval ! Elle oublie le cheval ! ». Il siffla et le cheval zébré apparut. Oui, à Zattise Zeqwestchen les choses et les gens apparaissent soudainement, c'est comme ça. Comme on est dans un conte, le cheval comprit ce qu'on attendait de lui et s'empressa de rejoindre sa cavalière qui, le voyant arriver, l'ignora. Lui, docile, la suivait. De guerre lasse, elle se retourna :

– Écoute, j'apprécie l'inquiétude d'Haldebarde, mais je n'ai pas besoin de toi. Rentre à l'écurie, allez zou.

Le cheval, cousin de l'âne, avait l'obstination dans les gènes. Il continua donc de suivre Madame Catherine.

– Écoute, je ne te monterai pas ! Voilà ! Je ne sais pas monter donc ce n'est pas la peine de me suivre. Et pis, tu es trop grand, jamais je n'atteindrai la selle. Alors...

Le cheval la précéda, s'arrêta devant une borne et attendit. Devant tant d'obstination, Madame Catherine céda et se mit à chanter « I'm lone some Catherine », chanson fort célèbre à l'époque. Hexerine vit arriver son amie de loin et se mit à sourire.

– Tombera, tombera pas. Tombera, tombera pas, chantonna-t-elle.

La patronne du bordel se planta droite comme un *i* devant elle.

– Tadaaaaa, lança-t-elle fièrement. Même pas tombée !

– Tu progresses de façon incroyable ! C'est la première fois en... trente ans que tu ne tombes pas.

– Gnagnagna, grogna Madame Catherine tout en se demandant comment elle devait descendre vu qu'elle n'était pas habituée.

– Bon, tu fais quoi là ? Tu attends une nuée de sauterelles ?

– Ben... hésita-t-elle.

– Ben quoi ?

– Rhô bon ça va, je ne sais pas comment on fait après.

– Comment on fait après pour quoi ?

– Pour descendre, pardi ! D'habitude ça se fait... Naturellement.

– Naturellement ! Ben voyons. Tu m'en diras tant. Lève la jambe droite et jette-la en arrière, dit Hexerine en lui tournant le dos.

– Que je...

– Ouch, aïeuh

Hexerine se retourna.

– Mais crénom ! Comment as-tu fait pour tomber ? !

– Mais euh, j'ai fait comme tu m'as dit et vlam.

– Tu n'es vraiment pas douée, dit Hexerine tout en aidant son amie à se relever. Mais Bon Dieu ce que tu es lourde !

– Oh ça va !

Madame Catherine remettait ses vêtements en place quand soudain Hexerine s'écria :

– Merde ! C'est quoi cet attirail ?

– Haldebarde

– Pas étonnant que tu sois tombée. Mais pourquoi t'a-t-il armée à ce point ?

– Au cas où

– Au cas où quoi ? Ils sont tous morts, fit Hexerine en montrant la plaine couverte de cadavres.

– Je sais, mais il ne m'a pas crue. Soi-disant qu'on attire les ennuis.

– Tout de suite ! Comme si c'était notre genre.

– En même temps, dit Madame Catherine, jetant un œil au champ de bataille.

– Bah là, ce n'est pas de notre faute ! Allez, au boulot. Hé gamin ! cria-t-elle apercevant le petit prince du haut des créneaux, viens nous aider !

– Vous faites quoi ? demanda ce dernier une fois arrivé.

– On nettoie. Mais avant faut qu'on récupère les intestins comme ceux-ci, lui expliqua Hexerine.

– OK, pourquoi vous voulez les intestins ?

– Il a des propriétés collantes. En le transformant, il y a moyen d'en faire un truc utile.

Le gamin regardait Hexerine une moue dubitative sur le visage. Madame Catherine ne lui laissa pas le temps de tergiverser et partagea le champ en trois zones pour que chacun se mette au travail. Deux heures plus tard, le gamin se trouva en difficulté avec un intestin résistant. Comprenant le problème, Hexerine le rejoignit et se dirigea vers les douves. Son amie la suivit du regard et sourit devinant ce qu'elle allait faire. Arrivée devant le fossé, elle releva son bliaud jusqu'aux chevilles et tapa des pieds en cadence. La pointe, le talon, la pointe, le talon. Soudain, du fond des douves, sortit une écrevisse qui se mit au garde-à-vous. Elle prit l'écrevisse dans la main, se dirigea vers le premier intestin venu, le tira et laissa l'écrevisse fourrager dans les tripes. Une fois le cordon coupé, Hexerine put dégager l'intestin.

– Tu vois c'est simple. Tu tires, il coupe.

– Elle, dit le gamin.

L'écrevisse rougit.

– Non, il. Il s'appelle Elvis. Elvis l'écrevisse.

– …

– C'est comme Mireille l'abeille ou Michel l'échelle.

– Ah, OK.

Ils reprirent leur collecte.

– Mais ! s'exclama Madame Catherine.

– Non, mais je faisais un essai. En collier, ce n'est pas terrible, hein ?

– Non, mais toi, n'importe quoi !

– Tu en es où gamin ?

– J'ai presque fini ce côté.

– Dans ce cas, il est temps de faire un peu de ménage.

Hexerine se mit à danser d'une façon étrange. Pliée en deux, les mains sur les genoux, elle croisait et décroisait les mains tout en bougeant les genoux. « C'est l'amour, c'est l'amour, mour, mour, voyage voyage, plus haut qu'Ève lève-toi en rouge et noir ». Puis, elle s'arrêta. Le gamin attendit curieux de voir les effets de ces gesticulations. Trois castors et deux cerfs firent leur apparition.

– Les amis, je vous présente Nestor, Salvator et Pollux, de Castor et compagnie, entreprise de scierie et de charpente. Accompagnés d'Ajax et Amsterdam, cerfs de leur état.

– Bien le bonjour à vous, s'inclina Madame Catherine.

– Le plaisir est nôtre, répondirent-ils en chœur.

Hexerine les conduisit sur la parcelle à nettoyer. Le gamin vit les cerfs se coucher sur le dos tandis que Nestor et Salvator s'installaient aux ramures et Pollux à la direction. Utilisant la patte avant droite comme levier de vitesse, les castors poussèrent les corps dans les douves.

SLUUURP SLUURRP.

– Ça ne va pas les boucher ? questionna inquiet le jeune seigneur.

– Aucun risque, la vidange se fait ensuite.

BLURP BLURP BLURP PRUUUT

– C'est drôlement bien conçu.

Madame Catherine coupa le cours de ses réflexions.

– À table! appela-t-elle.

Chacun prit le temps de choisir son siège : le gamin, un buste pas trop abîmé et assez solide pour soutenir son poids ; Madame Catherine, un ensemble de têtes superposées tandis que Hexerine, ben on ne savait pas trop sur quoi elle était assise, mais ça tenait, c'était l'essentiel.

2

Pendant qu'ils déjeunaient, la princesse se préparait aux audiences. Elle faisait partie des rares princesses qui travaillaient et des rares seigneurs qui rendaient chaque jour justice. Elle avait cherché longtemps le domaine dans lequel elle voulait exercer ses talents, et comme bon nombre de princesses, s'était intéressée aux bonnes œuvres. Elle avait donc pris le temps d'analyser les besoins de la ville naissante : lutter contre la pauvreté et gérer les enfants trouvés. Elle dut, très vite, se rendre à l'évidence : elle ne pourrait lutter contre les deux en même temps, faute d'argent. Ses terres lui rapportaient largement de quoi vivre, mais pas suffisamment pour élever un hôtel-Dieu doublé d'un hospice pour enfants trouvés. Elle avait donc donné la priorité au deuxième. Élevé non loin de l'évêché, il accueillait en toute discrétion, du fait d'un tour aménagé dans le mur, les enfants abandonnés. Ils y recevaient une éducation et un apprentissage afin de pouvoir vivre décemment une fois adultes. Une fois l'hospice des enfants trouvés construit, la princesse se lança corps et âme dans son rôle de seigneur et décida de rendre elle-même la justice en compagnie des échevins d'abord, puis du prévôt qu'elle avait nommé à ce poste. Ce dernier, particulièrement compétent, siégeait à ses côtés tous les après-midi. Non qu'il y eût une forte criminalité dans Zattise Zeqwestchen, mais il fallait résoudre les problèmes de voisinage et gérer les relations avec les autres seigneuries qui voyaient d'un mauvais œil la présence d'une femme à la tête d'un domaine seigneurial. Même si la fidélité des échevins tenait à la charte signée, elle n'était pas stupide et se savait sur la sellette. La multitude de contrariétés hebdomadaires suffisait à le lui rappeler. Elle entra dans la salle des jugements et prit place à la droite du prévôt afin de recueillir les plaintes et requêtes de ses sujets.

– Comment allez-vous princesse ?

– Bien, je vous remercie.

– Vous auriez dû me faire appeler, hier, je vous aurais envoyé le guet.

– J'avais pensé le faire, mais Hexerine est arrivée sans prévenir.

Le prévôt sourit.

– Un sacré phénomène, hein ?

– Je confirme. Son amie tient la maison close du village, si je ne me trompe ?

– Absolument. Une maison bien sous tous rapports, si je puis me permettre.

– Ce sont bien elles qui vont dans le quartier des Tanneurs ?

– Oui, et les seules à en sortir vivantes.

– J'aimerais leur parler du projet d'hospices.

– Faites, elles seront de bon conseil. En revanche, ne les mêlez pas officiellement. Les gens ici ne diraient rien, mais pas ceux qui sont au-dessus de vous. Ce pourrait être dangereux.

– Et en quoi ?

– Princesse, malgré leur réputation positive au sein de la populace, ce sont des parias qui vivent non loin d'autres parias, expliqua-t-il. L'une passe pour une sorcière et l'autre pour une débauchée. Rappelez-vous qu'on en veut à votre seigneurie. Et toute révolte part des Tanneurs ou à cause des Tanneurs.

La princesse resta, un instant, silencieuse.

– Et vous, qu'en pensez-vous ?

– Que ces femmes maîtrisent les sciences, que nous avons besoin d'elles, mais qu'il faut être fin politicien si nous voulons garder notre indépendance. Votre père vous a transmis votre domaine, mais vous restez son vassal.

Il laissa la fin de sa phrase en suspens sous-entendant qu'à la moindre anicroche le suzerain reprendrait ce qu'il avait donné.

– Je vois. Bien, si nous commencions ?

Ils firent entrer le premier quémandeur.

3

Hexerine, le gamin et Madame Catherine avaient repris leurs opérations de nettoyage non sans mal. Il fallut, in extremis, sauver le gamin d'une chute dans les douves ; démêler Madame Catherine qui s'était emberlificotée en se prenant les pieds dans le côlon et affronter une vindicte ovipare.

– Hé ! s'exclama Madame Catherine alors qu'une averse de fientes lui tombait dessus.

– Oh pardon, fit un saule, c'est ma faute. Je me gratte, je me gratte et ils n'apprécient pas. Ça fait tanguer les nids.

– Il faut donc cesser de vous gratter, suggéra la victime.

– J'essaie, mais ça me démange. Vous comprenez, mes branches poussent, se mêlent aux autres et ça me gratte.

Hexerine, qui avait suivi l'échange, s'était approchée du saule.

– Je vois, fit-elle. Pollux !

Le castor arriva à bride abattue.

– Combien pour un élagage ?

– Ça dépend si on peut se tailler des rondins. On a pas mal de barrages en attente et de nouveaux rondins seraient les bienvenus.

– Dites les gars, fit-elle, qui a besoin d'une coupe ?

Plusieurs frondaisons s'agitèrent.

– Hé ! rouspéta Madame Catherine.

– Désolée, s'amusa son amie. Bon, voilà le deal. Élagage du saule et le reste des coupes pour vous.

Pollux grimpa aux arbres, évalua la taille et redescendit pour confirmer le deal.

– On pourra livrer demain dans la journée.

– Ça roule !

– Tu m'expliques ?

– Ma belle, on va avoir du saule ! dit-elle se frottant les mains.

– Fantastique.

– Catoche ! Du saule !

– Oui, merci, j'ai entendu.

– OK. Associe l'idée : saule et feu.

Son amie reste pensive.

– Punaise ! Bien sûr ! Du saule.

– Voilà !

– Euh et ça fait quoi ? interrogea le gamin.

– Du fusain.

– Oh.

– Et avec du fusain, on peut écrire ! expliqua Hexerine voyant qu'il n'avait pas saisi l'importance de la chose.

– Ah ouais, mais non merci, pas pour moi.

Les deux femmes soupirèrent. À la fin de la journée, le champ avait été nettoyé ; le gamin était retourné au château, Hexerine prenait la route de la forêt et Madame Catherine celle du bordel, non sans heurts.

– Et vas-y, la meuf ! Va faire une révision !

– Oh quel malotru, celui-là ! s'offusqua-t-elle.

Un cavalier qui surgissait au-delà d'un carrefour s'en allant vers l'aventure au galop prit le temps de ralentir à sa hauteur :

– Pardonnez cette interruption momentanée des programmes, mais il me semble nécessaire de vous signaler que peut-être vous êtes en surcharge et…

La matrone le fusilla du regard et détourna la tête. S'il y avait bien une chose sur laquelle elle était très pointilleuse, c'était son poids. Ne supportant pas qu'on aborde le sujet. Beaucoup avaient essayé, beaucoup étaient morts. Se retournant, elle comprit très vite d'où venait le problème et se rappela soudain que son cheval avait passé la journée avec Julot. Ce dernier avançait la tête basse pour masquer son sourire.

– M'en fiche que tu manges du trèfle, mais tu pourrais penser à ceux qui sont derrière ! vociférait Hexerine marchant devant Julot afin d'éviter l'asphyxie.

Elle continua de grommeler sur les odeurs jusqu'à sa maison lorsque mûs par leur instinct, ils s'arrêtèrent et scrutèrent les alentours. Quelque chose ne cadrait pas. Hexerine avait de la visite, mais pas la bienvenue au vu du silence régnant dans la maison, sur la maison, sous la maison. Elle entra précautionneusement. Tout ce qui était vivant se tut. Même ce qui était mort. Un homme mince et grand, vêtu de noir se tenait au milieu de la pièce. Il se retourna de façon théâtrale quand il sentit sa présence.

– Ah ! Ah ! cria-t-il levant sa croix au ciel.

Hexerine le fixait goguenarde.

– Sais-tu qui je suis maraude ?

– Pas mon père déjà.

Quelque peu décontenancé, l'invité surprise se présenta :

– Je suis l'Inquisiteur.

Hexerine ne broncha pas.

– Je suis l'Inquisi…

– Nan, mais j'avais compris. J'attendais la suite.

– La suite ? Quelle suite ?

– Ben, ce que vous faites chez moi par exemple.

– Je suis venu te prévenir que j'étais là. Que je venais rétablir la Morale et que ton amie et toi allez être jugées !

– Jugées pour de vrai ou assassinées ?

– Satanique ! Jugées pour que mort s'ensuive !

– Je vois.

– Prépare ton âme ! Ton heure est proche !

L'Inquisiteur, satisfait de sa menace, sortit et traversa le plus dignement possible le nuage de prouts. L'œil mauvais, Hexerine le suivit des yeux.

4

– Catoche !

Un écran plasma surgit dans la cheminée de la salle de bains laissant apparaître la tête de Hexerine.

– Ah ben, d'accord, soupira Hexerine devant le spectacle offert. Suzie, hurla-t-elle dans le conduit de la cheminée de l'étage, la patronne a besoin d'aide.

Suzy sursauta et se figea.

– Suzy, c'est Hexerine, file dans la salle des bains avant que la Catoche ne meure étouffée par son bliaud.

Craintivement, la servante entra dans la salle des bains.

BRAOUM.

– Ah, d'accord, soupira derechef Hexerine.

– Quoi ?

– Suzy vient de s'évanouir.

– Ah crotte, je suis coincée.

– Je constate. Je vais chercher Margaux.

– Elle doit être à la lessive.

– Margaux ? La patronne a besoin d'aide.

– Hexerine ?

Margaux se retourna et ne vit personne.

– Ben, vous êtes où ?

– T'occupe, la patronne est coincée !

Margaux hésita puis se décida.

– Mais, enfin ! s'écria-t-elle en arrivant. Madame Catherine, qu'est-ce que vous fabriquez !

– Je voulais prendre un bain et

– Non, mais vous !

Elle se précipita et la libéra.

– Ben, Suzy ? fit-elle se retournant.

– Elle n'a pas supporté de voir la Catoche à poil, s'amusa Hexerine.

Suzy ressuscita à ce moment-là.

– Mais ce n'est pas vrai ! Mais ce n'est pas vrai ! hurla-t-elle faisant descendre les catins des étages.

– Suzy, tout va bien, temporisa Madame Catherine.

– Tout va bien ? ! Vous vous moquez ! Vous avez vu vos vêtements ? Ils sont couverts de sang !

– C'est dingue, lâcha Gudrun abasourdie.

– Oui, hein, s'énerva Suzy.

– Je parlais des cicatrices.

L'assemblée porta une attention plus soutenue au corps de la patronne.

– Quoi ?

– Ben, c'est vrai que là…

– Non, mais, c'est bon, elle tombe souvent, c'est tout.

– Ah ben, là…

– Oui, bon, je comprends votre ébahissement, mais j'ai à causer, donc ouste, leur ordonna Hexerine.

Les filles retournèrent à leurs occupations, absolument pas perturbées par l'écran plasma, mais dissertant sur les blessures de la matrone. Margaux, accompagnée de Lili, retourna à la lessive avec les vêtements souillés. Arrêtons-nous un instant sur la salle des lessives, unique en son genre. Cinq cages à écureuil étaient disposées le long du mur derrière cinq tonneaux. Chacun était relié par des serpents momifiés à un plus gros tonneau servant à les alimenter en eau. Lili se dirigea vers le plus gros tonneau et ouvrit la vanne ainsi que la cage d'une martre tandis que Margaux ouvrait le tonneau numéro deux, y insérait le linge et ouvrait, elle aussi, la cage de trois martres. Deux carnivores entrèrent chacune dans une cage à écureuil et commencèrent leur footing tandis que les deux autres attendaient pour prendre le relais. Margaux et Lili laissèrent les quarts de pomme à disposition afin qu'il n'y ait pas de rupture dans la course et que la lessive se fasse. Quand elles quittèrent la pièce, les martres couraient à bonne allure.

– À mon avis, Petitguillaume va avoir de bons résultats aux prochaines courses, commenta Margaux.

– Tu crois qu'on pourra miser ?

– Petite, sache que Madame Catherine ne tolère pas les jeux d'argent. On rend service à Petitguillaume, c'est tout. Il nous prête ses animaux et on en fait des champions.

– C'est dommage, soupira l'enfant.

– Qu'aurais-tu fait de cet argent ?

Lili rougit.

– Allez, dis-moi !

– J'ai vu une poupée en allant sur le marché.

Margaux sourit.

– Qui sait, finit-elle par dire énigmatique.

– Bon, alors, questionna Madame Catherine se délectant de son bain froid.

Hexerine, au centre de l'écran, se drapa dans un tissu noir et d'une voix gutturale dit :

– Je suis ton père !

– Je vois. Tu l'as vu quand ?

– Dans ma cabane, en arrivant.

– Et ?

– On est bonnes.

– Pff. Ce qu'ils peuvent être chiants, ces fanatiques. J'ai combien de temps devant moi ?

– Deux heures à tout casser.

– Tu envisages ça comment ?

– Oh, il va se pointer, t'arrêter, t'emmener chez le prévôt, un petit procès et un feu de joie.

– Ah, non ! s'insurgea Madame Catherine, pas le feu !

– Ben, ma belle, le choix pour les hérétiques, c'est le feu.

– Mais y'en a marre ! Je n'aime pas le feu, il fait chaud dedans !

– Oui, ben moi, je vais avoir droit à l'ordalie et je n'aime pas prendre mon bain en étant habillée.

– Non, mais sans rire ! On ne peut pas s'épargner ?

– On pourrait, mais tu connais la suite. S'il n'a pas ses condamnations, c'est le bled qui va prendre. Tes catins en premier et le quartier des Tanneurs ensuite.

– Comment va-t-on justifier le résultat des ordalies ?

– Ma chérie, on est à Zattise Zeqwestchen. Ils ne savent ni lire, ni écrire, ni réfléchir. Ils comprendront ce qu'ils verront. C'est d'ailleurs sur cela que compte l'Inquisiteur.

– Flûte quand même !

– Vois ça comme l'occasion d'animer le bled !

– Mouais.

– Catoche, on doit le faire, sinon il va brûler à tort et à travers.

– Ouais, ben brûlera bien qui brûlera le dernier.

5

– Sors de là, catin ! Engeance du diable !

– Qu'est-ce que ?

– Ce n'est rien, Margaux, c'est pour moi.

– Mais...

La porte du bordel s'ouvrit laissant entrapercevoir l'Inquisiteur juché sur une souche, entouré de fidèles et de soldats du seigneur Malappris.

– Ah, ceux-là, ils n'étaient pas prévus.

Le seigneur Malappris était sieur des bois et terres de Zesquoilareponse. Concurrent direct de la princesse, il lorgnait la seigneurie de cette dernière et surtout le village prospère de Zattise Zeqwestchen. La venue d'un Inquisiteur ambitieux lui offrait un moyen extraordinaire d'obtenir ce qu'il convoitait depuis tant d'années. Aussi se tenait-il fièrement dressé sur son destrier aux côtés de l'envoyé de Dieu.

– Il est temps de rendre des comptes à Dieu ! tonna l'Inquisiteur.

– Mais oui, mais oui.

Haldebarde, alerté par les trompettes et les hautbois, arriva sur ces entrefaites.

– Arrête-toi, manant ! Si tu franchis ce seuil, tu seras pendu !

Lentement, le soldat se retourna et toisa l'homme de Dieu. Le bruit de ferraille qui émanait de son sac et sa taille firent tressaillirent les soldats du sieur Malappris. Le géant, constatant son petit effet, reprit son chemin et entra comme si de rien n'était.

– Hexerine va arriver par les souterrains. Suivez ses instructions, lui murmura Madame Catherine avant de sortir.

Il acquiesça et entendit la porte se refermer lourdement derrière lui.

– À ma voix seule, tu obéiras ; ma maisonnée, tu protégeras ; fermée, tu resteras ; à ma voix seule, tu ouvriras. Me voilà ! fit-elle d'un ton léger.

Le capitaine du guet et son équipe lui servirent d'escorte jusqu'au palais du prévôt. En chemin, la foule découvrit la présence de l'Inquisiteur et l'arrestation de Madame Catherine. Sans que cela émeuve qui que ce soit.

– Oh, mon Dieu ! C'est quoi cette odeur ?

– Monjoie ! s'écria Haldebarde qui se précipita au sous-sol.

– J'ai oublié mes clés, fit Hexerine en franchissant le seuil de la cave.

– Ça ne sent pas très bon les souterrains, lui fit-il remarquer.

– Ah non, ça, c'est moi !

– Euh.

– Une fiole à ma façon. Œufs pourris. Comme ça, on sait que je suis là. Salut, les filles, claironna-t-elle à la cantonade.

Sa vue fit sursauter les donzelles.

– Ben quoi ?

– Par où êtes-vous passée ?

– Ben, par les souterrains.

– Parce qu'il y a des souterrains ?

– Ben oui. Bon, voyons la situation.

– On ne peut pas ouvrir, l'informa Sapho voyant qu'elle se dirigeait vers la porte.

– Ils ont déjà embarqué la patronne ? questionna-t-elle ouvrant la fenêtre.

– Oui.

– Bon. Voyons à qui on a affaire. Ah oui, quand même. C'eût été dommage que ce corniaud de Malappris ne s'en mêle pas. Bon. On va d'abord se débarrasser de ceux-là. Haldebarde, tu as pris tes armes ?

– Oui.

– Bien, laisse-les dans ton sac, on va faire à ma manière d'abord. Margaux, tu viens avec moi, Lili aussi.

– Hexerine, on ne va quand même pas se battre ? s'inquiéta Adalinde.

– Non, mon ange. Allez prendre tous les citrons d'Anthelme.

– Euh, il est d'accord ?

– Alors là, on s'en fout, ma belle. De toute façon, il ne s'en rendra pas compte.

Elle se dirigea vers la cave.

– Bon, il faut trouver des passoires, des battoirs. Et moi, faut que je trouve… Bon sang, qu'est-ce que c'est mal rangé !

– Ah ben, ça. Je n'en reviens pas. Je comprends que Madame Catherine nous en interdise l'accès.

Lili vint lui taper sur l'épaule pour lui montrer un objet étrange ou inattendu.

– Mais, c'est un canon ! s'exclama Margaux.

– Une couleuvrine pour être exacte.

– Mais…

– Faut toujours que la Catoche rapporte des trucs quand on fait les vide – masures. Elle est indécrottable.

– Oh. Mais pourquoi ?

– Parce qu'elle trouve ça beau. Ah ! Voilà ! Quel foutoir tout de même.

Les trois femmes remontèrent en même temps que les catins apportaient les citrons.

– Jolie récolte. Bon, l'objectif est de se débarrasser des soldats de Malappris. On aura bien assez à faire avec ceux de l'Inquisiteur.

– Il n'en a pas, l'informa Haldebarde.

– Oh que si, mon lapin. Ils étaient en chemin pour venir me chercher.

– C'est bien que vous soyez venue vous mettre à l'abri, la félicita Adalinde.

– À l'abri mes fesses ! répliqua Hexerine. Je vais me livrer, comme la Catoche.

– Mais…

– Écoutez les filles, si Malappris s'en mêle et gagne, on est fichues, toutes. Les Tanneurs compris. Il va imposer un pouvoir inique dont on fera tous les frais, sauf les opportunistes. La princesse gère sa seigneurie avec justesse, il faut qu'on la garde. Il faut qu'on empêche Malappris de mettre la main sur les terres donc on va leur offrir ce qu'ils veulent : un truc public et indiscutable : une ordalie !

– Mais vous êtes dingue ! s'écria Mélissandre. Personne ne sort vivant d'une ordalie ! J'en ai vu une, enfant, c'était horrible.

– Ma belle, ma copine et moi, on n'a rien à se reprocher. Crois-moi, il ne nous arrivera rien. Le feu et l'eau, comme d'hab.

– Le feu, ça brûle, insista Suzy.

– Et l'eau, ça mouille. Allez, trêve de bavardages, on va s'occuper du camp adverse. Plus tôt, on l'aura fait, plus tôt je pourrai retourner aux intestins.

Les catins levèrent les yeux au ciel. Les soldats de Malappris s'étaient déployés devant la maison. Ils devaient attendre les ordres et les fagots pour y mettre le feu. Soudain, un citron vola et toucha le casque de l'un d'entre eux.

– Hé ! Qui a fait ça ? ! cria le soldat.

Étonnés, ses équipiers le regardèrent et virent le citron. Ils haussèrent les épaules et reprirent leurs positions.

– Hé !

Un deuxième citron venait d'être lancé. Puis, un troisième.

– Ça vient de la maison ! Remarqua, perplexe, un passant.

– De la maison ? Soldats aux armes !

Les soldats se mirent en ligne de défense, épée en main. Il était temps, une salve s'abattit sur eux. Se couchant au sol, ils échappèrent à une hécatombe pensèrent-ils.

– Faut renvoyer ! leur cria Anthelme.

– Hein ?

– Ben, oui, faut renvoyer ! C'est le but du jeu ! J'ai vu ça aux croisades. Sauf que nous, c'était avec des têtes.

– Avec quoi, voulez-vous qu'on renvoie ?

– Battez-vous en hommes ! leur cria Hexerine leur jetant les battoirs par la fenêtre.

– Allez les gars, à vous de jouer ! s'enthousiasma Anthelme, je vais compter les points.

– Les points ?

– Ben, oui ! Celui qui a le plus gagne.

– Ben qu'est-ce qu'on gagne ?

– Je ne sais pas. Hexerine, qu'est-ce qu'ils gagnent ?

– Une nuit gratuite au bordel !

– Hé ! s'insurgea Yselda.

– T'inquiète, Paulette. Alors ?

– Marché conclu !

– Tu m'étonnes ! soupira la sorcière. Bon, c'est parti. Lili, balance tes citrons !

– J'ai ! cria un soldat qui renvoya le citron. J'ai ! cria un autre.

La porte remplaça Lili et renvoya la balle tandis qu'Anthelme commençait le compte des points.

– Faute !

– Hein ?

– Ben oui, elle sort du cadre.

– De quel cadre ?

– Celui qui va de là à là, leur indiqua l'arbitre depuis sa fenêtre en écartant les bras.

– Mais…

– Y a des règles, faut les respecter ! Donc, avantage la porte.

Le score s'égrena sous le regard ébaubi des badauds. Il s'égrenait avec lenteur et ennui quand Anthelme donna le point à la porte ce qui mit en colère un soldat, alléché par l'odeur des catins, qui s'en prit à son coéquipier en lui tranchant la gorge « parce qu'on a perdu le point à cause de lui ». Il fut lui-même tué pour les mêmes raisons et à la fin, il ne resta plus qu'un seul soldat.

– Euh, et maintenant ? demanda timidement le survivant.

– C'est toi contre la porte, lui expliqua Anthelme.

Le soldat jeta un œil au champ de bataille, prit le temps de la réflexion.

– Ouais, non, hein. Je me rends. J'ai perdu, hein, on disait.

– Vainqueur la porte ! proclama Anthelme tandis que le soldat allait s'en jeter un au cabaret du coin, accompagné de la foule à la nuque endolorie le félicitant pour sa pugnacité et commentant le match.

– Bon, ben ça, c'est fait. Maintenant, phase deux. Haldebarde, je vais t'expliquer pendant que Suzy ira me chercher un grand drap blanc.

Ils descendirent tous deux à la cave dont Hexerine revint seule quelques minutes plus tard.

– Ben ?

– T'inquiète ma Suzon, je gère. Tu as le drap ? Parfait.

Elle siffla et quatre chauves-souris se présentèrent. Deux agrippèrent le drap tandis que les deux autres voletaient en attendant leurs ordres. Elles filèrent ensuite dans la rue, ancêtres de l'antenne relais.

– Donc là, tout le monde a vu comme moi, tenta de se rassurer Adalinde.

– Oui, oui. Tout va bien, tout va bien, marmonna Hexerine plaçant un microcèbe sur le manteau de la cheminée.

– Et voilà ! Maintenant, Margaux, tu amènes ton Frühstück et vous regardez l'écran. Moi, j'y vais.

– Et c'est tout ? s'étonna Dadou.

– Ouiche. Gudrun fait le guet devant la porte et vous vous regardez l'écran.

– Mais…

– Écoute, ça va bien se passer. De là où vous êtes, vous allez pouvoir suivre tout en direct.

– Je ne vois pas l'intérêt.

– L'intérêt, c'est pour Gudrun, elle pourra voir l'avancée des troupes.

– Ouais, ce ne serait pas plutôt un moyen pour vous débarrasser de nous.

– Si ! Et alors ?

– Non rien.

Dadou prit place devant l'écran et, comme toutes les autres, attendit.

6

– Mais que ?

Le prévôt s'étrangla à la vue de Madame Catherine et de son escorte. Elle attendait depuis un bon moment et sourit devant sa tête de poisson-lune.

– Où est la princesse ? questionna agressif le sieur Malappris. On attend depuis un moment !

– Je vais la faire quérir.

Quelques minutes plus tard, la princesse arriva essoufflée.

– Que signifie ? !

– Je suis l'Inquisiteur !

– Oui et ?

– Et je viens rétablir la Morale !

– Je ne comprends pas.

Le sieur Malappris et l'homme de Dieu eurent un rictus de mépris.

– Normal.

– Je vous prierai de ne pas me manquer de respect ! Vous êtes sur mes terres.

– Plus pour longtemps.

– De quel droit ? !

– Du droit que j'informerai le roi de ce qui se passe sur vos terres et quand il saura, il vous destituera. Ou vous obligera à vous marier.

– Mais…

La princesse perdait pied.

– Oui, enfin, faudrait déjà que je meure, intervint la prévenue, et que vous prouviez par ma mort que le bled est pourri et mal géré.

– Parce que tu crois que Dieu sauvera une ribaude du feu ? ironisa l'Inquisiteur.

– Oui, ben Marie-Madeleine, elle n'était pas couturière, fit la voix de Hexerine dans leur dos.

– Que Diable ! Où sont mes soldats ? s'inquiéta le Dominicain.

– À ma cabane. J'ai anticipé, je suis venue toute seule.

– Et tu te rends ?

– Ben, c'est pas le but ?

– Je, euh, si. Qu'on les enferme !

– Doucement, messire Inquisiteur, j'ai encore les pleins pouvoirs.

– Non, mais, laissez princesse, plus vite on commence, plus vite on finit, lui dit Hexerine.

On conduisit, donc , les deux femmes dans les geôles sans tenir compte de l'avis de la princesse.

– Salut, Jolicœur de Bœuf.

– Salut, Hexerine. Tu viens pour quoi ?

– Pour mon ordalie.

– Oh, c'est cool. Et Madame Catherine ?

– Pareil.

– Ben qu'est-ce que vous avez fait ?

– Rien, mais y'a un Inquisiteur qui vient de débarquer.

– Je vois. Ça tombe bien, j'ai pas mal de cellules vides, vous ne serez pas dérangées.

Il fit entrer chacune des femmes dans une cellule.

– Je vous mets en face l'une de l'autre, comme ça, vous pourrez causer.

– Merci, grandement.

– Eh ben, je dirais que le ménage date de Mathusalem.

– Oui, c'est dégoûtant. Ça colle même sur le banc, remarqua la maquerelle.

– C'est du vomi, cria Jolicœur de Bœuf les entendant, je nettoie que tous les six mois.

– Super, merci.

– Tu crois qu'on aura le procès aujourd'hui ?

– Ouais, et si le gars est pressé, l'ordalie dans la foulée.

– Bon, ben comme ça, on sera rentrées ce soir.

– Exact.

– Mais ! s'écria soudain Madame Catherine.

Une ombre, qu'elle seule pouvait voir, apparut.

– Quoi ? demanda Hexerine.

– Boniface !

– Sans déconner ? Face de carême ?

– Mais de quoi elles parlent ? questionna Yselda. On dirait qu'il y a quelqu'un, mais on ne voit rien.

– Bah, ça doit être du cinéma d'art et d'essai.

– Ah, d'accord.

– C'est quand même bien, hein ? fit Lili, la bouche pleine de pop-corn.

Margaux lui ébouriffa les cheveux et scruta de nouveau l'écran.

– Que fais-tu ici ?

– Hex, dois-je te rappeler que je suis la Mort ?

– Ah, oui, merde c'est vrai. Et comment va ?

– Imhotep, Imhotep.

– Je suis contente de te voir, l'embrassa Madame Catherine.

– Tu es bien la première à être contente de voir la Mort en face ! s'amusa son ami.

Face de Carême était appelé ainsi depuis son enfance. Maigrichon, fils de prêtre, timide, il s'était lié d'amitié avec les deux seules filles du village qui avaient fait attention à lui. Le trio qu'ils formaient était un trio d'exclus. Hexerine, orpheline, était élevée par une tante qui n'en voulait pas et la laissait errer dans la forêt à la recherche de petit bois. C'est dans cette forêt qu'elle avait rencontré celle qu'on appelait la sorcière du village, qui n'était en fait ni plus ni moins qu'une sage-femme. Madame Catherine, elle, était l'aînée d'une grande fratrie, mais étant la seule fille, on lui confia la tâche de garder les vaches. Elle rencontra Hexerine un jour qu'elle rentrait chargée comme un mulet et l'aida à porter son fardeau. Depuis, elles partageaient tout, le bien comme le mal. Les deux amies avaient croisé Boniface alors qu'il était la proie des quolibets pour son physique. Ulcérées, elles l'avaient défendu et depuis le trio était inséparable. Un pour tous et tous pour un.

– Tu sais de quoi on est accusées ?

– Torture, acte de barbarie et sorcellerie.

– Vlà autre chose.

– Le Maître m'envoie pour vérifier l'équité du procès.

– Équité mes fesses quand il s'agit de l'Inquisition.

– À qui le dis-tu.

Un cliquetis de clé se fit entendre.

– C'est l'heure.

– De ?

– Du procès.

– Ouah, c'est du service rapide.

- Faut dire qu'en ce moment, y'a pas foule…

Jolicoeur de Bœuf les accompagna jusqu'aux limites des geôles.

– Bon ben, à tout à l'heure, leur dit-il.

– Pour ?

– Ben, le tourmenteur est là, j'ai pensé...

– Ah oui, c'est vrai, la torture. J'avais oublié. À tout à l'heure, lui répondit Madame Catherine.

La salle de justice était comble. À droite, sur l'estrade se tenait : au centre la princesse, à sa gauche le prévôt, à sa droite les deux accusateurs. Au centre de la pièce, l'espace vide attendait les deux accusées. Le fond était réservé aux spectateurs.

– Voilà ! Voilà, l'heure du jugement ! tonna le Dominicain qui partit dans une diatribe dénonçant Sodome et Gomorrhe, la volonté de Dieu devant s'abattre et démontrant l'incurie de la princesse.

– Exposez les faits, le coupa sèchement la princesse.

– Ces deux femmes ont usé de leurs pouvoirs magiques pour commettre des actes de cruauté.

– Qui est la victime ?

– Le sieur Liminus.

– Liminus ?

– Oui, gente dame, sieur de Maisonpré, se présenta la victime. J'ai été agressé par ces deux femmes.

– Mais, vous êtes seigneur de guerre, vainqueur des croisades ! s'étonna le prévôt.

– Elles étaient soutenues par le Diable, sans cela, je me serais défendu !

– La mémoire vous revient-elle, femmes ? !

– Oui, parfaitement, dit d'une voix claire Madame Catherine. Le sieur Liminus a été sous le coup d'une accusation de « pue des pieds grave ». Je n'ai fait que respecter la loi.

– Quelle loi manante ?

– Article 2 du Code de Déontologie des cors aux pieds et ongles incarnés : la loi ordonne l'obligation de soin pour tout chevalier aux pieds déformés. En cas de refus, le chevalier devra payer une amende de trois livres et porter des tongs afin que chacun voie sa désobéissance, et ce jusqu'à ce qu'il obtempère.

Article 6 du Code de vie en Communauté : tout chevalier qui pue des pieds doit se soigner sous peine d'amende et de bannissement.

Article 1 de la loi : l'inspection générale des services est sommée de faire respecter tous les articles de toutes les lois de tous les Codes écrits et ceux pas encore écrits afin que le bien vivre ensemble soit appliqué dans tout le royaume, récita le prévôt maîtrisant les codes.

– Mais je ne pue pas des pieds et je n'ai pas de cors aux pieds ! s'insurgea le seigneur.

– Oui, plus maintenant.

– Vous avez agi avec violence !

– Forcément, vous refusiez de vous soumettre à la loi !

– Capitaine ! appela le sieur Malappris. Racontez-nous votre version, car vous avez bien accompagné Madame Catherine ?

– Absolument. Je certifie, tout comme c'est écrit dans le rapport, qu'aucun mal n'a été fait au seigneur.

– Menteur !

– Il est vrai que l'on connaît votre penchant pour Madame Catherine, insinua mielleusement le sieur Malappris. Vous lui avez trouvé sa maison, on voit souvent roder le guet près du bordel...

– Vous passez souvent devant les bains, ce n'est pas pour autant que vous vous y arrêtez, répliqua la tenancière du bordel.

– Tais-toi, ribaude !

– Oh, eh ! Si on ne peut pas raconter les faits, autant passer à l'ordalie. On gagnera du temps, rouspéta Hexerine.

– Non, décréta d'une voix ferme la princesse, il y a un plaignant qu'il s'exprime. J'entends que justice soit rendue. Capitaine, poursuivez.

– Nous nous sommes présentés devant le château et nous avons dû attendre, car le sieur ne voulait pas nous laisser entrer. Nous avons crié depuis les douves son acte d'accusation et le pont-levis s'est abaissé. Devant le refus du seigneur de se faire soigner, nous lui avons lu la plainte.

- Rapport du sieur Chevalier de la Barbe de l'an 1345 : « nos hommes avaient franchi le ruisseau afin d'attaquer les fondements du château ennemi avec des petites cuillères, quand le sieur Liminus, ressentant une gêne aux pieds, retira ses solerets. Nous n'eûmes pas besoin de saper les bases du château, car l'odeur détruisit la faune et la flore à plus de dix lieues et empoisonna les eaux alimentant les puits. L'ennemi se rendit au bout de deux jours », lut le greffier.

– Mais… Enfin… J'avais un caillou dans le soleret !

– Mes hommes ont alors attrapé le sieur et l'ont emmené dans les oubliettes où Madame Catherine et Hexerine avaient préparé les instruments de nettoyage, reprit le capitaine.

– Cela suffit !

– Non, sieur Malappris, vous jugez sur mes terres une ancienne histoire dont j'ignore tout. Je reste princesse en ma demeure et le jugement me revient ! Lisez le rapport du capitaine, ordonna-t-elle au greffier.

7

Moi, Madame Catherine mandatée par le guet ici présent, officions pour l'hygiène et la salubrité publique. Sachant qu'il est de notoriété publique que le seigneur Liminus pue des pieds et qu'il a enfreint à maintes reprises les lois, le Code Pourpre a été activé. Le seigneur est, selon les usages, attaché à la table de torture dans les oubliettes du château. Il vocifère et jure qu'il ne pue pas des pieds. Nous entamons donc la procédure de vérification.

– Dois-je lire tout dans le détail ?

– Absolument.

Il reprit donc.

Commençons, dit sentencieusement Madame Catherine.

Messieurs !

À un hochement de tête de leur capitaine, deux soldats s'approchèrent et défirent les liens du seigneur. Ils levèrent ses bras et commencèrent à lui retirer son pourpoint tandis qu'un troisième soldat pointait son épée sur lui pour éviter toute évasion.

– *Qu'il soit noté que deux soldats retirent le pourpoint du prince tandis qu'un troisième le maintient en respect.*

– *La tête coince,* dit un des soldats en regardant Madame Catherine.

– *Tranchez,* ordonna-t-elle. *Noooooooonnnn, le col, tranchez le col !* cria-t-elle quand elle vit le soldat à l'épée prêt à décapiter Liminus.

Dans la salle, chacun avait retenu son souffle, oubliant que le plaignant était plutôt bien vivant pour un décapité.

Qu'il soit noté qu'aucun mal n'a été fait au pourpoint et que celui-ci peut être nettoyé sans que des trous ou tâches supplémentaires n'aient été faits. Qu'il soit noté, qu'au moment du retrait dudit pourpoint une envolée de mites s'est échappée des aisselles. Je procède donc à l'inspection du buste. Gants, dit-elle à l'intention de Hexerine.

– *Gants*

Hexerine sortit des peaux de grenouilles qu'elle enfila sur les mains de Madame Catherine qui s'approcha de Liminus. Elle écarta les aisselles et se mit à filer les poils.

– *Qu'il soit noté que les aisselles sont équipées chacune d'environ un mètre de longueur de poils non tressés, mais servant d'abri aux mites. Qu'il soit également noté, qu'une forte odeur de transpiration émane des aisselles.*

– *Personnellement, je ne sens rien,* se permit le seigneur.

– Qu'il soit noté que l'accusé est inconscient des odeurs qu'il diffuse.

– Mais…

– Qu'il soit noté que la peau est brunâtre, non plissée, mais molle. Bien. Au premier examen clinique, je ne décèle aucune maladie de peau, ni de pustules ni de nid à vermines. Je procède donc au nettoyage désinfectant. Crapauds.

– Crapauds.

Hexerine apporta un seau de gras crapauds. Madame Catherine, munie de ses gants ventouse, prit un crapaud, le retourna et perça les pustules. Un suc jaunâtre s'en écoula et se répandit sur le corps de Liminus.

– Eh, mais c'est dégueu ! cria ce dernier.

Madame Catherine procéda ainsi avec cinq autres crapauds.

– Citrons.

– Pamplemousses.

– ?

– Non, mais t'inquiète, ça nettoie pareil et en même temps, ça diffuse une odeur de lavande. Et là, on en a besoin, ajouta Hexerine.

– Pamplemousse donc.

Madame Catherine répandit le jus de pamplemousses par-dessus le suc de crapaud.

– Arrosoirs.

Deux soldats se présentèrent munis d'arrosoirs remplis d'eau. Ils montèrent sur un escabeau pour éviter les éclaboussures acides et versèrent le contenu sur le corps.

PSCHHHHIIIIIIIIITTTTTTTT. Une fumée si opaque s'éleva qu'il fallut attendre quelques minutes avant que la visibilité ne redevienne normale.

– Qu'il soit noté que la peau du prince est devenue blanche parce que lavée.

Le corps de garde désapprouva de la tête cette absence manifeste d'hygiène.

– Qu'il soit noté que la première étape faite, je procède à la deuxième.

– Logique. Ouch, un coup de coude interrompit Hexerine.

Deux soldats détachèrent les jambes afin de retirer les chausses. Le sieur Liminus, un couteau sous la gorge pour éviter toute évasion, se retrouva attaché à poil avec ses brodequins que les soldats n'avaient pas réussi à retirer.

– Pinces.

– Pinces, fit en écho Hexerine.

– Tenailles.

– Tenailles.

– Vous êtes malades ! hurla le prince, des sataniques !

– ?

– À mon avis, il a voulu dire sadiques, mais comme Sade n'est pas encore né... supposa Hexerine.

– Ben voui, forcément, acquiesça Madame Catherine. Masques.

– Masques.

Hexerine sortit des carapaces de tortues — leurs occupants étant partis dans le Sud pour les vacances dans un camp de nudistes — et en donna une à Madame Catherine. Cette dernière la plaça sur son visage, masquant le nez et la bouche, ne laissant apparaître que les yeux. Le capitaine refusa d'en porter une.

– Nous sommes des soldats, habitués à la dure. Mes hommes doivent affronter cela.

Hexerine regardant son amie haussa les épaules. Conneries, se pensa-t-elle. Madame Catherine attrapa la languette des brodequins avec la pince et essaya de découper avec la tenaille. Elle avait beau s'escrimer, le brodequin résistait.

– Cisailles.

Le corps de garde sursauta à la voix caverneuse qui sortait de la carapace. Flippant, elles étaient flippantes.

– Cisailles.

Tenant toujours la languette avec la pince, elle tenta de cisailler. Mais le brodequin résistait toujours. Elle se recula et interrogea Hexerine du regard.

– Chalumeau ?

– Chalumeau. Qocfjoierjre ned efrez.

Un sconse fit son apparition et s'approcha de Hexerine.

– Quelqu'un a du feu ? questionna – t-elle.

Un soldat sortit, timidement, un briquet.

– Prête ?

– Prête.

Madame Catherine ajusta son masque et couvrit ses yeux avec deux petites carapaces de tortues percées en leur centre pour laisser passer un bocal. Accoutrée ainsi, elle attendit que Hexerine lui passe le chalumeau. Celle-ci leva la queue du sconse, appuya sur le ventre tout en faisant cracher le briquet frotté sur le brodequin. Une flamme jaillit de l'anus de l'animal. Hexerine régla avec la queue le jet de feu et transmit le chalumeau à Madame Catherine qui découpa, de cette manière peu orthodoxe, les brodequins.

– Attention, qu'il soit noté que je retire les brodequins.

Une odeur effroyable envahit alors l'espace confiné. Un soldat se mit à vomir tandis que deux autres tournaient au vert.

– Tenez bon, soldats ! les encouragea le capitaine. Sous ces pierres, quatre siècles de torture vous contemplent.

– Dites, vous ne croyez pas que vous en faites un peu trop, rouspéta le prince. Ça sent à peine.

– Avouez tout de même qu'il flotte une odeur nauséabonde, réagit Madame Catherine.

– Nauséabonde, t'es sérieuse ? Regarde les murs ! Même les moisissures se sauvent !

– Bien. Qu'il soit noté qu'un nuage nauséabond s'est répandu dans la pièce engendrant le malaise de trois soldats, la délocalisation des moisissures des murs. Qu'il soit noté que je procède à l'examen des pieds.

– Attends !

– ?

– Change de gants, conseilla Hexerine.

– Bonne idée. Gants de pieds.

– Gants de pieds, dit Hexerine en tendant des peaux de hérissons.

– À l'examen préliminaire, nous constatons la présence de vers de peau et de… C'est quoi ça ? demanda Madame Catherine en tendant les piques des hérissons sur lesquels gigotait de la vermine.

– Attends voir, dit Hexerine ajustant un fond de bocal devant un œil. Prrrt. Aucune idée.

– Qu'il soit noté que des merdas… Euh, non, pardon de la vermine non répertoriée habite entre les orteils. En attendant de procéder à son analyse, la vermine sera confinée dans un bocal. Ne pouvant effectuer un deuxième examen, je procède au nettoyage désinfectant afin d'y voir plus clair. Crapauds.

Une nouvelle salve de suc, de pamplemousses et d'eau plus tard, les pieds du prince apparurent. Propres.

– L'examen secondaire nous permet de constater la présence de deux cors et trois ongles incarnés.

– Aha, s'exclama le capitaine. Sergent !

Le sergent s'avança :

– En application de la loi, le prince prit la main dans les pieds devra jusqu'à désincarnation et décortication des pieds porter des tongs respectant les normes de sécurité et d'hygiène imposées dans tout le royaume. Elle existe en quatre couleurs : auburn, noir, fuchsia et jaune. En accord avec la loi, le contrevenant doit se plier à un nettoyage complet avant toute libération.

– Qu'il soit noté que nous allons, comme le stipule la loi, purger le sieur de Maisonpré. Tuyau.

– Tuyau, dit Hexerine en tendant un coin creux.

– Soldats.

Deux soldats s'approchèrent et détendirent les liens. Le seigneur se trouva sur le ventre. Madame Catherine allait lui enfoncer le coin quand

- Stoppp ! cria Hexerine.

- ?

– Tes gants !

– Ah oui, merde. Gants de fesses.

– Gants de fesses.

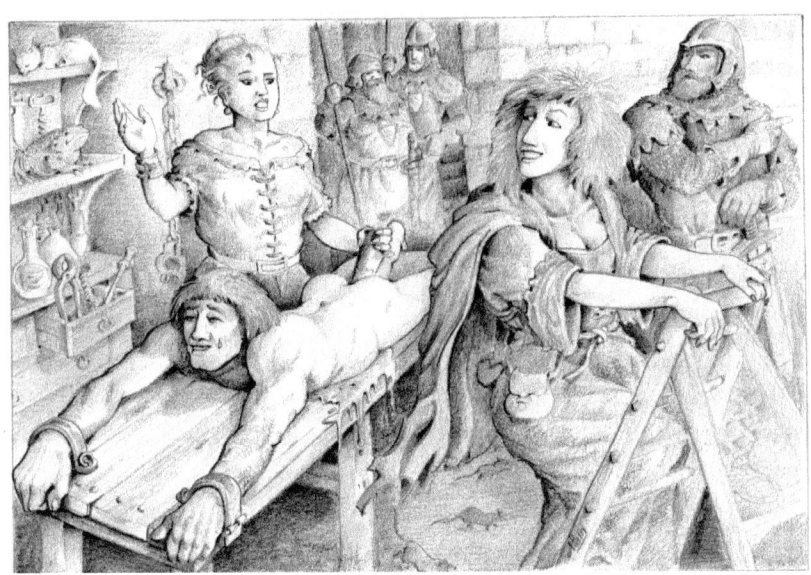

Madame Catherine enfonça le coin dans le fondement. Elle emmancha ensuite un long tuyau composé de serpents desséchés emboîtés les uns dans les autres et fit un signe aux soldats. Ceux-ci se mirent à pomper de l'eau dans un tonneau. Ils pompaient, pompaient et le ventre du seigneur grossissait, grossissait.

– Stop, ordonna-t-elle. Masques.

– Masques.

Les soldats refusèrent de nouveau.

– *Ouverture des douves.*

– *Ouverture des douves.*

Une trappe s'ouvrit juste sous la table.

– *Escabeaux.*

– *Escabeaux.*

Les deux femmes y grimpèrent tandis que les hommes montèrent quelques marches.

– *Attention ! Largage !*

D'une main experte, Madame Catherine retira le coin et remonta prestement sur l'escabeau. Tout le liquide et le pas liquide sortirent du corps. Il se vida, se vida, se vida. À tel point que les deux femmes se demandèrent si elles n'auraient pas dû prendre une échelle plus haute. Mais non. Le liquide et le pas liquide s'écoulèrent dans les douves.

– *C'est pour ça que les douves, ça pue, murmura un soldat à l'oreille de son voisin.*

Celui-ci opina du chef.

– *Qu'il soit noté, que le seigneur Liminus a été purgé sans dommage pour les tommettes. Nous allons enfin terminer l'examen. Soldats.*

Deux soldats resserrèrent les liens de Liminus qui se trouva de nouveau écartelé sur la table.

– *Gants.*

– Gants.

L'assemblée s'inquiéta à la vue des gants en peau de porc-épic. Et fortement lorsqu'elle comprit ce qui allait être examiné.

– Qu'il soit noté que l'examen préliminaire montre que les parties intimes sont vertes. La peau est normale, mais en dessous c'est vert. Nous constatons donc que les bourses sont remplies de numerus clausus sans doute attrapé lors de différentes campagnes. Cette maladie étant courante chez les chevaliers, nous allons procéder à... Ah ben d'accord. Qu'il soit noté que les poils du chevalier logent des poux, des puces et des termites. Qu'il soit noté que nous procédons au nettoyage désinfectant.

Un soldat apporta un tonneau. Madame Catherine aspergea le seigneur avec la même substance crapaud pamplemousses et un soldat fit couler l'eau. Les poux, les puces et les termites furent noyés dans le tonneau.

– Nous, Madame Catherine, mandatée par le guet pour l'opération Code Pourpre, avons terminé notre examen et avons nettoyé de fond en comble le sieur Liminus de Maisonpré. Qu'il soit noté qu'il devra porter des tongs jusqu'à soignement complet des pieds.

– Voilà ! tonna l'Inquisiteur.

– Voilà quoi ? répondit Hexerine.

– Torture et orgue de barbarie !

– Non, mais n'importe quoi !

– Hexerine a raison, intervint la princesse. Aucun mal n'a été fait au prince, tout a été consigné et la loi a été respectée.

– Comment osez-vous ! s'indigna le sieur de Maisonpré. Mon honneur a été bafoué !

– Tout comme la loi !

– Allez-vous laisser une femme décider ? ! s'enquit le sieur de Maisonpré rouge de colère auprès du sieur Malappris.

– Je suis seigneur en ma seigneurie ! tonna la princesse.

– Plus pour longtemps, tempêta l'Inquisiteur. Quand nous aurons prouvé leur malfaisance, nous prouverons, par là même votre incompétence. Le roi vous relèvera de votre titre !

La princesse était estomaquée.

– Mais la loi a été respectée ! s'énerva le prévôt.

– La loi ? Quelle loi ? fit méprisant l'homme de Dieu. Seule la loi divine est la règle.

– Mais quel rapport avec la plainte ?

– Ce sont des sorcières qui ont officié !

– Ah, tiens, tu es une sorcière aussi, ironisa Hexerine en regardant son amie.

– Je monte en grade.

– Riez, riez ! Femelles ! Dieu…

– Oui, oui, on sait. Bon, on peut y aller maintenant ?

– Aller ? Mais où ça ?

– Ben dans les geôles !

– Mais... fit le seigneur Maisonpré.

– Quoi ? C'est bien la procédure non ? Une nuit au cachot pour qu'on réfléchisse, la torture pour la Catoche et demain l'ordalie.

– Nooonnnn ! Qu'on torture la catin maintenant, qu'on édifie son bûcher et qu'on emmène la sorcière à la rivière ! Dieu en a décidé ainsi, gronda l'Inquisiteur agacé par leur insolence.

– Donc, on est bien d'accord, le coupa Madame Catherine, si Hexerine flotte c'est que Dieu est avec elle et si je ne brûle pas, pareil.

L'Inquisiteur, décontenancé par l'attitude des deux femmes, interrogea du regard le seigneur Malappris. Lequel acquiesça.

– Et si on a Dieu de notre côté, c'est qu'il est aussi du côté de la princesse.

– Mais on s'en fiche !

– Ah non ! s'écria en se levant le prévôt. On ne s'en fiche pas. Vous affirmez que ces femmes sont des fléaux et en rendez responsable la princesse, il faut être clair si elles sortent saines et sauves de l'ordalie.

– Mais oui, la princesse sera alors une bonne princesse, ironisa le sieur Malappris.

– Et vous promettez de ne plus lorgner ses terres ?

– Mais oui, mais oui.

La situation finissait par l'amuser.

– Tout le monde est témoin ?

Un grand brouhaha dans la salle montra que oui.

– Très bien. Que l'on consigne tout par écrit et qu'il en soit fait ainsi.

– Ils ne vont quand même pas le faire ! s'écria Adalinde.

– Faut croire que si.

– Elles vont mourir ! On doit faire quelque chose ! renchérit sa jumelle.

– On va faire comme Hexerine a dit, dit posément, mais fermement, Margaux. Dieu n'a rien à leur reprocher. Si elles disent que ça va bien se passer, c'est que ça va bien se passer.

– Comment pouvez-vous rester de marbre !

– Parce qu'on les connaît depuis plus longtemps que vous deux et parce qu'elles sont intelligentes. Elles ont dû manigancer un truc.

– Margaux a raison, intervint Mélissandre. On regarde et on obéit.

Elles virent Hexerine quitter le tribunal encadrée par le guet et la foule en direction de la rivière. La Sansfin s'écoulait paisiblement depuis des siècles à la sortie du village. Enfin, à la sortie si on vient du château, sinon, elle s'écoule à l'entrée si on vient de la montagne. C'est là que le treuil avait été installé pour retirer les voyageurs embourbés et c'est là que vivaient les familles de teinturiers et autres lessiveurs. On trouvait aussi le village de pêcheurs de l'autre côté des marais. La condamnée et son public prirent à sénestre là où la Sansfin était, disait-on, sans fond.

– Oyez, oyez, annonça l'annonceur. Ici, en ce jour, une ordalie va avoir lieu. Dieu en son jugement décidera si Hexerine, la condamnée, est une sorcière ou pas.

– Voilà, c'est ça, répondit cette dernière. Et comme je ne le suis pas.

– Tais-toi infâme ! la coupa l'Inquisiteur. Bourreau, fais ton office.

– Salut, Fernand.

– Salut, Hexerine.

– Ça va la famille ?

– Ma foi, les petits poussent. Bon, faut que je t'attache les mains et les pieds.

– Arrête bourreau ! cria soudain le sieur Malappris. Apportez des chaînes, ordonna-t-il aux soldats de Dieu.

– Ben, messire, l'ordalie c'est toujours avec des cordes.

– Je sais ! Mais cette sorcière fait de grands maléfices !

– Vlà autre chose ! s'indigna Hexerine.

– Parfaitement !

La foule attendit donc patiemment qu'on enchaîne la sorcière, puis que celle-ci se noie. Comme le veut la coutume.

– Donc, on est bien d'accord, si je ne coule pas, c'est que Dieu est avec moi ?

– Mais oui, mais oui, lâcha l'Inquisiteur. Avec ce que tu as sur le dos, tu vas aller au fond, murmura-t-il.

Le bourreau porta Hexerine dans une barque qu'il laissa flotter jusqu'au centre de la rivière. Une fois dans la partie la plus profonde, il tira sur la corde et un faux plancher s'ouvrit faisant tomber Hexerine dans l'eau. La foule par habitude s'exclama, attendit le temps réglementaire de la noyade et se prépara à partir quand…

– Mais, mais, elle remonte ! fit une voix.

– Mais non, mais non, répondit Liminus de Maisonpré qui assistait comme les autres à la condamnation.

– Mais si, mais si.

La foule se retourna et constata médusée que Hexerine se tenait presque droite au milieu de la rivière.

– Pff, je suis toute mouillée, ronchonnait-elle. Bon, alors, je suis noyée ou pas ?

L'Inquisiteur ne s'attendait pas à cela. Mais alors pas du tout.

– Mais quelle diablerie ?

– Ah ben faut savoir ! C'est le Diable ou Dieu qui joue là ? fit le prévôt totalement épaté. Non, parce qu'on avait dit que si elle ne se noyait pas, c'est qu'elle était protégée de Dieu.

– C'est le Diable ! Seul le Diable peut sauver une pécheresse.

– C'est bien pratique, fit remarquer la princesse. Dieu et le Diable, c'est quand ça vous arrange. Quand bien même serait-ce le Diable, on fait quoi puisqu'elle flotte ?

– On la tue ! vociféra l'Inquisiteur.

– Vous auriez dû commencer par ça, fit le prévôt.

– Comment ?

– Vous auriez dû nous dire que votre objectif était de tuer Hexerine, on aurait gagné du temps.

– Mais non !

– Ben si, elle échappe à l'ordalie et vous voulez la tuer. Dieu n'a rien à voir dans l'histoire.

– C'est de la sorcellerie !

– Mais alors pourquoi l'ordalie ? demanda la princesse. Et si c'est l'œuvre du Diable, que pouvons-nous faire ?

– Dieu…

L'Inquisiteur s'interrompit.

– Est-on sûr que la Sansfin est sans fond ?

– Oui, messire, répondit le bourreau. C'est pour ça qu'on a déplacé le pont, on n'arrivait pas à planter les poteaux.

– C'est impossible, murmurait le sieur Malappris. Il y a un truc.

– Il y a un truc, renchérit l'Inquisiteur. Ce n'est pas possible, Dieu ne peut pas la sauver !

– Et pourquoi, je vous prie ? s'offusqua Hexerine.

– Parce que tu es un démon !

– Mais bien sûr. Les démons ne sont pas ceux qu'on croit.

– Blasphème !

– Ouais, ben je flotte toujours. Et ce n'est pas que je m'ennuie, mais je commence à avoir froid.

– C'est la mort qui vient !

– Non, c'est l'eau qui est froide.

Profitant des tergiversations de ses juges, Hexerine s'adressa à la Mort qui lui faisait face.

– Ça va en dessous ?

– Oui, Haldebarde semble aller bien, il observe tout.

Le soldat, revêtu d'un scaphandre, portait Hexerine sur ses épaules et se ravissait du spectacle fluvial qui lui était offert.

– Très bien ! Œuvre du Mal ! Je vais prouver que tu triches. Enchaînez-moi, décida le sieur Malappris.

Hexerine, toujours juchée sur les épaules d'Haldebarde, vit le seigneur monter dans la barque et venir dans sa direction. La princesse restait silencieuse. Elle ne croyait pas aux ordalies et ne comprenait pas que Hexerine flottât. C'était au-delà de toute logique. La barque s'ouvrit, le sieur tomba, découvrit la supercherie, ouvrit la bouche pour la dénoncer et se noya. Sa dernière vision fut celle d'Haldebarde qui lui faisait un signe d'adieu de la main.

– Non, mais c'est de la triche ! fit le seigneur en arrivant aux Enfers.

– Parce qu'attacher les mains et les pieds d'une personne avant de la jeter dans l'eau pour voir si elle flotte, ce n'est pas de la triche ? questionna le Diable

– C'est la volonté de Dieu.

– Dans ce cas, Il t'offre l'éternité pour réfléchir.

– Euh, je ne suis pas sûr, mais je ne suis pas au Paradis là ?

– À ton avis ?

La barque se rapprocha de Hexerine qui, poussée par Haldebarde, sauta dedans.

– Comment est-ce possible ? Dis-moi ton secret, la somma l'Inquisiteur.

– Dieu m'a sauvée.

– Ne te moque pas de moi !

– C'est vous qui l'avez dit. D'ailleurs, il me semble que vous avez une déclaration à faire.

De mauvaise grâce, l'homme de Dieu reconnut l'intervention divine.

– Comment avez-vous fait ? lui demanda discrètement la princesse, marchant à ses côtés.

– Y'a un morceau de bois coincé, je me suis appuyée dessus.

La princesse sourit. Le bordel aussi se posait la question du miracle quand, quelque temps plus tard, Haldebarde, tout mouillé, surgit dans la pièce et, assailli par les catins, céda et raconta la vraie fausse tricherie.

– Quelle chance que Madame Catherine ramène tout un tas de trucs de ses voyages !

– Ouais. Mais quand même, elle aurait pu... C'est quoi ce bruit ?

Les catins sortirent de la pièce.

– Des hommes de l'Inquisiteur apportent des fagots !

– Mais…

– Ils veulent brûler la maison ! s'exclama Suzy.

Chacun resta silencieux.

– À nous deux, on peut les avoir, proposa Gudrun à Haldebarde.

– Hexerine a pas dit d'attaquer, on n'attaque pas.

– Mais Haldebarde ! On va brûler vives !

– À mon avis, non.

– Et qu'est-ce qui te rend si sûr de toi.

– Madame Catherine ne vous aurait pas enfermées. Elle vous aurait dit de prendre les souterrains.

– Il a raison, intervint Sapho. Et mieux vaut brûler qu'être prises par ces soudards.

– Si jamais… Tu pourras nous tuer avant ? demanda Dadou au soldat. Histoire qu'on ne souffre pas.

– Y'aura pas besoin.

– Oui, mais au cas où.

– Oui, au cas où.

8

Pendant l'ordalie de son amie, Madame Catherine affrontait le tourmenteur juré.

– C'est joli chez vous, le complimenta-t-elle.

– Oui, merci. Ce n'est pas facile de tout organiser et nettoyer, mais je suis assez content.

La salle des basses œuvres était, dans sa réalité, assez moche. Encombrée d'armes, d'objets de torture, elle était sombre et sentait la mort. Des excréments, évacués par les condamnés morts de peur, jonchaient le sol. Elle sentait la sueur, les viscères, le vomi et l'humidité. Des champignons poussaient sur les murs et étaient ramassés une fois l'an afin de finir en salade dans les assiettes de l'évêque. On soupçonnait d'ailleurs celui-ci d'en faire aussi le commerce.

– Bourreau, voici la condamnée. Elle n'a pas avoué, fais ton office, annonça l'huissier.

Le tourmenteur juré s'avança avec une carte des menus.

– Je peux vous proposer la question ordinaire avec élongation, suivie d'une chaise à clous et enfin l'eau. Ou juste un hors-d'œuvre : les brodequins, puis l'estrapade et enfin le bouc des sorcières. Ou en troisième menu, les fers, la flagellation et la vierge de fer, je viens de la recevoir, dit-il en montrant l'objet.

L'huissier était fort marri, car il ignorait ce qu'il devait choisir.

– Si je puis donner mon avis, se permit la condamnée, l'Inquisiteur apprécierait du sang et des tortures qui augmentent la douleur sous les flammes. Enfin, bon, je suppose.

– Ben, l'élongation, on élonge. Ça craque et ça fait mal. La flagellation, ça dure et ça saigne. Sans compter qu'au bûcher, ça dégage une odeur et davantage de souffrance, car la peau est entamée, continua le tourmenteur. Les gens aiment bien. C'est ludique et pédagogique. Ça apprend aux enfants à ne pas s'approcher du feu.

– Si en plus c'est pédagogique, on va prendre ça, répondit-elle.

Le tourmenteur fit son office et étira Madame Catherine. Un crac se fit entendre.

– Euh, vous pourriez tirer un peu plus le bras gauche, demanda-t-elle.

– ?

Le tourmenteur se trouva fort dépourvu, mais habitué à obéir, il fit.

– Ah merci. Je suis tombée de cheval et j'ai dû me déplacer un os. Merci, ça va mieux.

– Vous êtes bien la première à qui l'élongation fait du bien.

– Vous n'imaginez pas ce qu'une manipulation bien faite peut soulager comme souffrance.

– Ben oui, mais je suis tourmenteur juré. Moi, la souffrance, je l'inflige. Et là, vous n'avez pas beaucoup crié.

– Oh, il fallait que je crie ? Pardon, j'en oublie mes bonnes manières. Je crierai à la flagellation alors.

– Oui, merci.

– Vous allez me flageller avec des ciseaux ?

– Nan, c'est pour couper la robe.

– Tudieu, jamais de la vie ! Je vais l'ôter moi-même ! Suzy en serait malade.

– Ben, elle a déjà été torturée, s'écria le tourmenteur observant le corps de la condamnée.

– De quoi, diantre, parlez-vous ? intervint l'huissier.

– Les cicatrices, montra-t-il.

– Je tombe souvent, le coupa-t-elle.

– Ben quand vous tombez, ça ressemble à des marques de fouet.

– Dans les fougères, je tombe souvent dans les fougères.

– Vous êtes maladroite, je dirais.

– Je confirme.

Madame Catherine était, debout, attachée à un anneau au centre de la pièce. Les premiers coups effleuraient la peau, les suivants la griffaient. La troisième salve commençait à entamer la chair. Et le tourmenteur s'arrêtait là en général parce que cela commençait à brûler et le condamné avouait à ce moment. Madame Catherine ne disait rien.

– Hum hum.

– Quoi ?

– Il faudrait que vous criiez ma chère, sinon il va démissionner.

Le Diable était là.

– Oh oui, bien sûr.

Elle cria.

– Vous n'êtes guère convaincante. Laissez-moi vous aider.

Elle se reprit et entendit son cri être couvert par celui des âmes damnées. Le tourmenteur juré, se sentant encouragé, redoubla les coups. Une fois déjà, Catherine avait été soumise à la question. Pendant une semaine, elle avait été alternativement fouettée et soignée avant d'être emmenée au bûcher. C'était la question classique. Ce jour-là, il y avait eu trois ordalies. Celle de Hexerine, attachée, lestée et jetée dans une rivière. Celle de

Madame Catherine, envoyée au bûcher, élevé sur la rive de façon à ce que les deux amies se voient mourir. Elle avait vu Hexerine se noyer, étouffée par l'eau. Hexerine avait vu les premières flammes lécher le visage de son amie. Elle avait entendu ses cris. Hexerine avait succombé la première, le bûcher de Catherine ayant été conçu de façon à se consumer longtemps. Madame Catherine était donc morte dans d'atroces souffrances, le bourreau n'ayant pas eu le droit de l'étrangler. Quant à Boniface, il subit le supplice du pal. Il souffrit doublement, de son supplice réservé aux déviants, et des tourments supportés par ses amies. Le trio inséparable ne fut pas séparé par la mort. Hexerine refusa d'entrer aux Enfers tant que Catherine ne serait pas là. Elle fit un tel foin que Cerbère en fut tout perturbé. D'habitude, les âmes condamnées ne veulent pas entrer par peur. Mais là, Hexerine voulait bien entrer, mais elle attendait ses potes d'abord. Quand le trio fut au complet, les portes de l'Enfer s'ouvrirent. Cerbère, tourmenté, envoya un diablotin, pour signaler au maître des lieux sa mésaventure. La première de toute sa carrière. Le Diable étonné et amusé avait attendu en personne ce trio qui n'avait pas peur des Enfers.

– C'est mieux comme ça, non ?

– Non, mais forcément si on fait appel à des professionnelles du cri ! Facile.

– Vous me manquez toutes les deux.

– Je vous rendrai bien la pareille, mais il fait tout de même un peu chaud chez vous.

Le Diable éclata d'un rire franc et lumineux.

– Et mes filles ?

– En sécurité. Hexerine devrait sous peu sortir de l'eau. D'ailleurs, j'ai un client à accueillir. Veuillez m'excuser ma douce amie.

– Mais je vous en prie.

On vint la chercher pour la conduire au bûcher installé sur la place publique.

9

– Peuple de Zattise Zeqwestchen ! Dieu dans sa grande clémence t'offre une ordalie afin de purifier ton village de la vermine et du péché véniel. Peuple de Zattise Zeqwestchen ! Dieu m'a envoyé vers toi pour que tu puisses racheter tes fautes et laver ton corps de tes péchés !

– Ça a un peu raté avec Hexerine, fit une voix.

– Mais non, répondit-on, elle a été sauvée par Dieu !

– C'est pas quand on meurt qu'on est sauvé ?

– Ben non.

– Peuple de Zattise Zeqwestchen ! La femme, ici présente, est le Mal, le Vice, la Lie de la société. Il est temps de châtier son infamie ! Moi, Dominicain, j'ordonne le sacrifice !

On attacha Madame Catherine au poteau.

– Repends-toi !

– Oui, non, mais c'est bon. Dieu me sauvera.

– Mais oui bien sûr.

Le bourreau vérifia la bonne tenue du bois. Fallait pas que ça s'effondre tout de suite ni que ça brûle trop vite. Un corps carbonisé, c'est moche alors qu'un corps en cendres, c'est plus facile à jeter. La foule s'impatientait. Ce n'est pas qu'on voulait brûler la maquerelle, mais pour une fois qu'il y avait de l'animation ! Les flammes s'élevèrent doucement puis plus fortement jusqu'à cacher la condamnée aux yeux du public. Ce dernier regardait, impressionné.

– Pourquoi elle ne crie pas la dame ?

– Et bien, ce ne doit pas être assez chaud.

Les flammes crépitaient et le bûcher flambait. Au même instant, la maison de Madame Catherine flambait. Enfin, a priori. Les fagots brûlaient, mais pas la maison.

– C'est moi où le feu n'attaque pas la maison ?

– Non, c'est bien ça. Le feu reste dehors. Comment c'est possible ?

– Aucune idée et je crois que je n'ai pas envie de savoir.

– Madame Catherine non plus elle ne brûle pas, lança depuis la salle Lili.

– Comment ça ?

– Ben non, elle ne brûle pas.

Les catins retournèrent devant l'écran.

– C'est bizarre qu'elle ne crie pas, finit par dire le forgeron. Ça chauffe sec et elle ne hurle pas. Normalement, le feu, ça brûle. Moi, je me brûle, je gueule.

– Évidemment que ça brûle, s'insurgea le bourreau qui sentait son travail remis en cause. J'ai pris du bois bien sec.

– P'têt, mais elle ne crie pas. Et le feu, ça brûle.

– Et l'eau, ça mouille.

Mireille ta gueule.

Le bourreau haussa les épaules et refit le tour de son bûcher pour s'assurer n'avoir fait aucune erreur. Passant devant l'Inquisiteur, il fut interpellé par ce dernier :

– Pourquoi ne crie-t-elle pas ? interrogea-t-il d'une voix rauque.

– Je ne sais pas Monseigneur. J'ai tout fait comme il fallait.

– Faites mieux alors.

Le bourreau se demandait bien comment il pouvait faire mieux. Le feu était dans sa phase la plus violente. Il n'avait pas l'intention de s'approcher plus au risque de se cramer les fesses. Doutant de lui, malgré tout, il alla prendre une entrecôte chez Roger le boucher et la présenta au bout d'une pique au feu.

– Ah vous voyez, dit-il en la montrant au forgeron. À point. Le bûcher est à point.

– P'têt, mais elle ne crie pas plus.

– Ah ben moi le service après-vente, je ne fais pas. Mon bûcher fonctionne. C'est l'essentiel.

– Elle est p'têt morte tout de suite en fait, pensa à voix haute le forgeron.

– Possible, ça arrive que les gens se consument très vite, répondit le bourreau.

– Ouais, en attendant, c'est nul. Un feu reste un feu. Pas de quoi s'extasier.

Ça sentait le roussi pour le Dominicain dont l'ordalie prenait de nouveau l'eau. Soudain, une voix retentit.

– Bon, je peux descendre maintenant ? Commence à faire chaud là.

– Mais... Mais... Qui ose imiter la voix de la défunte ? ! s'écria le Dominicain.

– Personne ! J'ai chaud et je voudrais rentrer chez moi !

– Mais ce n'est pas possible, s'étrangla le Dominicain. Tu dois mourir !

– Et ben non, apparemment pas aujourd'hui.

– Mais si, enfin, fais un effort, c'est un bûcher, tout le monde meurt sur un bûcher, supplia presque le Dominicain.

La garde meurt, mais ne se rend pas

Mireille ta gueule.

Un soldat de Dieu déboula pour annoncer à l'Inquisiteur que la maison close ne brûlait pas.

– Mais c'est impossible ! C'est de la sorcellerie !

– Bon, je peux descendre oui ou meeeerrddde. Aieuh.

Madame Catherine venait de rouler au pied du bûcher.

– Oh ben toi, faut toujours que tu tombes, la sermonna doucement Hexerine qui venait d'arriver.

– Mais ce n'est pas moi ! rouspéta cette dernière, c'est le truc qui s'est effondré.

– À cause du poids, dit doctement le bourreau.

– Vous avez de la chance que je sois dans un bon jour, le menaça la patronne du bordel.

– C'est de la sorcellerie ! hurla le Dominicain.

– Ou un faux feu, lâcha Petit Larousse.

– Eh, mon feu est un vrai feu !

– Faudrait le prouver !

Mû par une impulsion qui lui échappa, l'Inquisiteur se jeta dans le feu. Des hurlements se firent entendre. Il se consuma très vite.

– Ah ben là d'accord, c'est un vrai feu. Il a crié, dit Gros Robert.

– Et il a cramé, compléta Petit Larousse.

– Bon, on fait quoi maintenant ? dit une voix.

Le bûcher était en grande partie consumé et éparpillé en petits tas quand le forgeron eut une idée. Il alla chercher une grille, la posa sur un foyer.

– Eh, Roger, fais péter la bidoche !

Comprenant très vite où le forgeron voulait en venir, Roger le boucher se précipita dans son étal et en ressortit avec des morceaux d'agneau. La « grillfest » était née. Nourriture et bière à profusion.

10

Tandis que la foule s'organisait pour festoyer et que les tonneaux de bière s'ouvraient, Madame Catherine couverte d'une épaisse couche de suie rentrait, accompagnée par Hexerine, la princesse et le prévôt.

– La maison !

– Oui, ça a un peu chauffé.

Les portes de la maison close, quelque peu roussies, obéirent à l'ordre muet de leur maîtresse et laissèrent sortir les catins. Après un moment où chacune parla en même temps, Margaux prit le dessus.

– C'est quoi cette maison qui ne brûle pas ?

– Et vous qui ne brûlez pas !

– Doucement les donzelles. La maison, elle est en pierre, la pierre, ça ne brûle pas. Et les fagots ont été mis trop loin, ça se voit à dix mètres. Quant à la Catoche, elle est vermifugée.

– Elle est quoi ?

– Vermifugée : impossible à brûler. À treize ans, elle a voulu faire sa maligne. On était à la Saint-Jean et les feux flambaient partout. Les garçons voulant faire les marioles sautaient par-dessus. Ne voilà pas que la Catoche par bravade, égalité des sexes, parité se prit à vouloir faire pareil. Sauf qu'elle a mal pris son élan et qu'elle est tombée dedans. Du coup, elle a pris feu de partout et depuis elle est vermifugée, raconta-t-elle d'une traite.

– Non, mais sérieusement, vous n'avez pas fait un truc pareil ? s'étonna Esmeralda.

– Faut être givrée, poursuivit Dadou.

– En même temps, si l'une d'entre vous a déjà vu la patronne faire un truc normal qu'elle le dise, ajouta Yselda.

Le public approuva. La princesse fixait Madame Catherine en se demandant bien ce qui pouvait se passer dans la tête d'une femme pour qu'à l'époque qui était la leur, elle ose parler d'égalité des sexes. On peut être en avance sur son temps, mais là…

– Bon, allez, ce n'est pas tout ça, mais la Catoche a chaud et il faut la refroidir le réacteur. Tout est prêt ?

– On a fait comme vous avez dit.

La petite troupe entra. La princesse et le prévôt restèrent à l'écart.

– Merci, dit la princesse mal à l'aise. Vous avez sauvé ma seigneurie.

– C'est bien normal. Vous la dirigez tous les deux très bien. Vous ne voulez partager notre repas ? Ce serait un grand honneur de vous avoir.

– Eh bien...

– Allez, entrez ! leur lança Hexerine sur le pas de la porte. Les hommes vont préparer l'apéro tandis que la Catoche se mettra au frais. Haldebarde vous raccompagnera.

Intrigués par l'idée d'un apéro, pratique qui leur était inconnue, ils acceptèrent. Pendant le bûcher, Haldebarde et Gudrun avaient déplacé une cuve de la salle des bains au milieu du jardin. Ils avaient planté un pieu juste à côté dont ils avaient évidé le tronc. À son extrémité, ils avaient emmanché un autre pieu dont l'extrémité était fermée par une anémone de mer.

– Non, mais... osa Madame Catherine.

– T'inquiète, la rassura Hexerine. Ça va bien se passer. Allez, entre dans la cuve.

Hexerine se mit alors à danser au milieu du jardin tandis que son amie s'installait dans la cuve. Tapant des mains sur les côtés des cuisses, puis levant les jambes l'une après l'autre en arrière pour taper sur les talons, même chose sur l'arrière de la tête et enfin s'agenouillant pour se relever, tapant des pieds en marchand et reprendre de plus belle. Esmeralda ayant compris le mouvement s'associa à elle et offrit un spectacle étonnant à leur public, tout ébaubi. Les premières vibrations des talons se transmirent dans les tréfonds de la terre et furent le signal du lancement des 24 heures de Zattise

Zeqwestchen. Au fin fond de la forêt, blaireaux, garennes, fouines, renards, loups avaient formé des équipes de coureurs. Jeannot s'était fait arbitre. Les castors, grâce à leur dextérité, avaient construit des tapis de rondins roulants. Ces derniers étaient reliés à un système de poulies gérées, entretenues et tenues par des araignées. Des boyaux, sauvés des douves et assemblés grâce à la bave de crapauds, plongeaient dans le fossé d'eau. Au bord, des méduses aspiraient et filtraient l'eau. Les boyaux parcouraient l'espace devant le château et s'enfonçaient dans les profondeurs du sol où tous les cent mètres des taupes s'assuraient du bon fonctionnement de tout l'attirail. Ce n'était pas le moment d'inonder toutes les galeries ! L'eau coulait ainsi jusqu'au bordel et sortait par le pieu creusé. L'anémone servit d'arrosoir aspergeant la patronne d'eau fraîche et bienfaisante. Un immense nuage de vapeur se répandit, embrumant le jardin et rendant la visibilité nulle. Il fallut quatre cuves pour retirer la suie du corps de Madame Catherine. La cuve était vidée par des vers de terre qui, placés sous elle, tiraient la chevillette tandis que la bobinette cherrait. L'eau coula à profusion, car il fallait refroidir la patronne. Les équipes de lapins couraient devant celles des renards qui couraient devant celles des loups, histoire de bien motiver tout le monde. Alors que les blaireaux et les fouines se la jouaient solo. Une fois le coureur fatigué, il était remplacé par un autre. Et ainsi de suite pendant 24 heures. Temps estimé par Hexerine pour refroidir son amie.

– Bon, ben celui qui voit dans la brume guide les autres jusqu'aux cuisines !

À la queue leu leu, ils laissèrent Madame Catherine prendre son bain.

– N'empêche, cette journée a été éprouvante, fit remarquer Dadou.

– Y'a eu de l'animation, c'est tout, tempéra Hexerine.

– De l'animation ? Vous rigolez ? On a failli brûler vives !

– Mais non, mais non. La maison ne risque rien.

– Ouais, ben vous êtes quand même bizarres toutes les deux, fit Yselda soupçonneuse.

– Pas plus que la moyenne.

– Je confirme, fit le prévôt. Chez les Tanneurs, on voit des choses bien pires.

– En attendant, on est débarrassé ! s'enthousiasma Dadou.

– Absolument ! Levons nos verres à la mort du sieur Malappris et de l'Inquisiteur !

– C'est dingue qu'il se soit lancé dans le feu.

– Oui, hein, fit Hexerine amusée en regardant le prévôt qui rougit.

– Il a dû glisser.

– Voilà, c'est ça. Il aura glissé.

– En tout cas, dit Lili la bouche pleine, il n'a pas été sauvé par Dieu. Donc, c'est que ce n'était pas quelqu'un de bien.

– Ni par Dieu ni par le Diable !

– C'est moche, fit une voix dans leur dos.

– Catoche, viens t'asseoir et prends une bière. Messieurs Dames, à la Catoche, fidèle au Diable !

– N'importe quoi.

– Alors au Diable, où qu'il soit et quel qu'il soit ! clama Haldebarde.

Un râle de contentement venant du fond de la cave se fit entendre.

– Quand je vous dis que cette baraque est vivante ! s'exclama inquiète Yselda.

Merci à vous.